지구, 꿈을 쓰다

청소년 생태시집

지구, 꿈을 쓰다

무안 망운중학교 학생들 지음
김도아 엮음
박경하 그림

심미안

펴는 말

이 시집은 망운중학교 학생들이 지구를 바라보는 마음과 환경에 관한 관심을 한데 모아 담아낸 소중한 기록입니다. 학생 대표로서 이 글을 쓰게 된 지금, 저는 무엇보다도 이 활동을 함께한 친구들에게 "정말 수고 많았어!"라고 말해 주고 싶어요.

처음 생태시를 접했을 때 어쩌면 우리 모두에게 조금 어렵고 막막하게 느껴졌을지도 모릅니다. 저 역시 '우리가 과연 한 권의 시집을 완성할 수 있을까?' 하는 걱정이 있었어요. 하지만 그 걱정은 금세 사라졌습니다. 서로의 시를 읽고 조언을 건네며, 선생님께 질문하고 표현을 다듬으면서 우리는 어느새 우리만의 목소리를 찾고 있었습니다. 서툴렀던 문장들은 시를 쓸수록 점점 개성을 드러내며 빛나기 시작했습니다. 서로의 가능성을 믿어 주는 사이에 우리는 조금 더 자란 시인이 된 것 같아요. 그 과정을 지켜보며 늘 따뜻하게 이끌어 주신 김도아 선생님께 마음 깊이 감사드립니다.

'하늘의 꿈, 땅의 꿈, 바다의 꿈, 숲의 꿈, 생명의 꿈'. 이 시집에는 우리가 바라본 자연의 모습과 그 안에서 떠오른 생각들이 담겨 있습니다. 시들을 천천히 읽어 내려가다 보면, 지구에게 전하고 싶었던 우리의 진심을 느낄 수 있을 것입니다. 자연과 함께 더불어 살아가는 방법, 우리가 간절히 바라며 품고 있는 작은 희망들, 그리고 아직 다 전하지 못한 마음들까지 한 편, 한 편에 담아 보았습니다.

망운중학교 학생들의 진솔한 생태 이야기, 함께 들어보실래요? 우리가 지구에 전하는 꿈과 마음이 오래도록 기억되기를 바래봅니다. 그리고 언젠가 우리가 다시 지구에게 말을 건네는 날, 그때는 우리 모두 조금 더 나은 꿈을 이루며 웃고 있기를 소망합니다.

망운중학교 3학년
성지연

차례

제3부 바다의 꿈

제4부 숲의 꿈

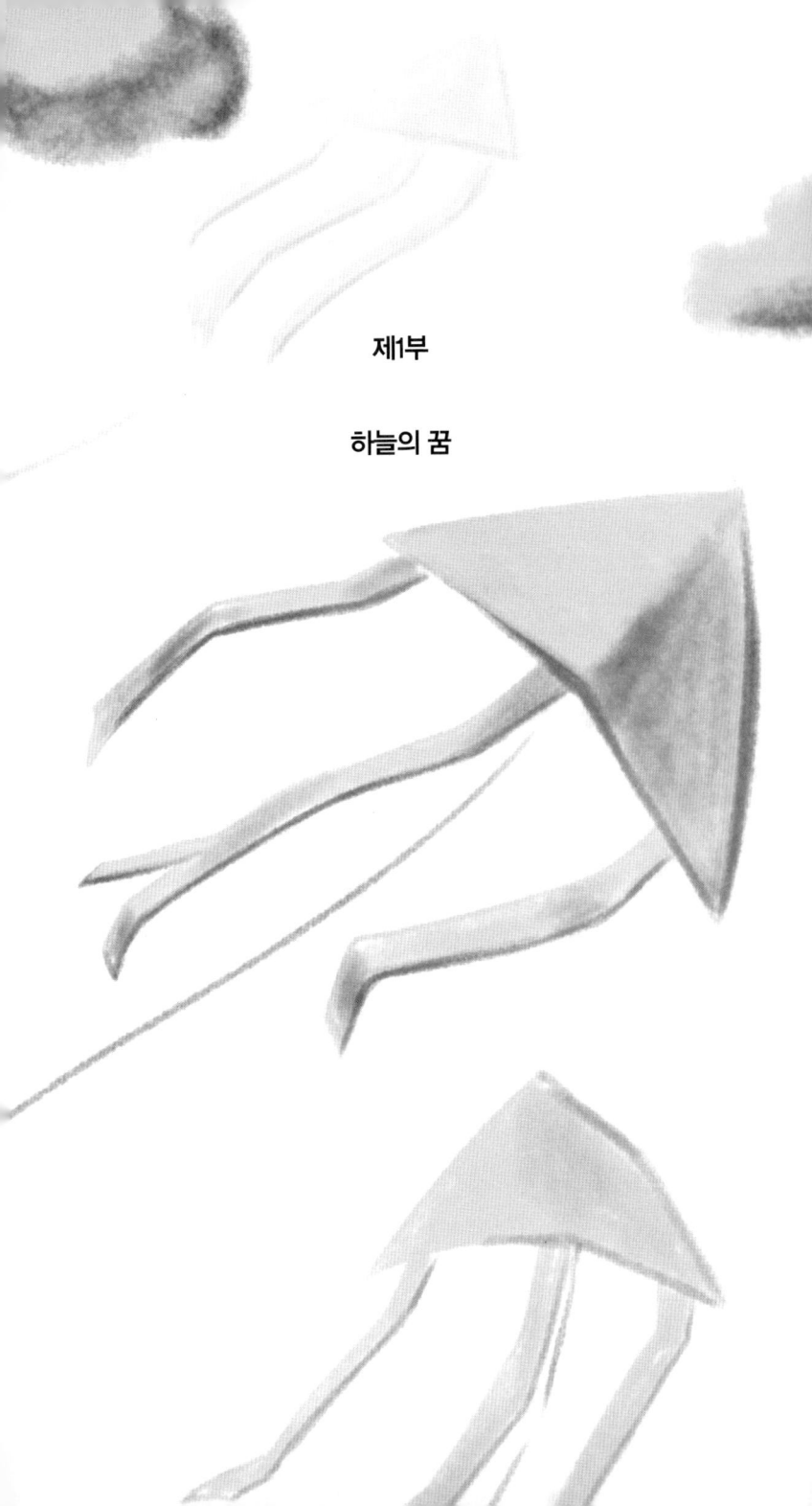

제1부

하늘의 꿈

잿빛 하늘

김주아

하늘이 잿빛으로 가라앉고
독한 바람만 좁은 골목을 떠돌았다.
빛 한 줄기마저 가려졌다.

며칠이 지나도
바람은 닫힌 창문만 바라봤다.
두드려도, 두드려도

휘이잉 소리를 내
나 여기 있다고 외쳐보았다.
아무도 문을 열지 않았다.

텅 빈 하늘 아래
바람만이
남아 있었다.

목마른 민들레꽃

김주아

바람이 지나고
햇살도 인사하는데
너는 보이지 않아

내 잎을 쓰다듬으며
곁에 있어 주었는데
지금 너는 어디로 갔니

보고 싶다, 비야.
내 뿌리에 스며들어
나를 피워주던 너

이제
다시 만날 수 없는 걸까

나,
네가 없이는
홀씨도 날릴 수 없어

구름의 꿈

임승현

물결처럼 흘러가는
마음이 하늘에 닿고,
햇살 사이로 스며드는
푸른 꿈 하나 안았네.

나는 구름,
잠시 머물다
바람따라
꿈을 퍼뜨린다.

나무에는 그늘을
작은 꽃에는 이슬을
저녁 하늘에는 노을을

건네주고 떠난다.

새들의 날개짓

이서영

눈이 나빠진 걸까요
잘 보이던 산도
우거진 나무도
온통 뿌옇게 흐립니다

숨이 막힌 걸까요
솜으로 꽉 채워진 듯
사막의 모래를 삼킨 듯
바짝 목이 마릅니다

내 날개짓으로
먼지로 가득한 하늘
맑게 할 수 있을까요

사라진 밤

이서영

별들은
날이 갈수록 자취를 감추고

눈부시게 예쁘던 달도
내 시야에서 조금씩 흐려진다

까만 어둠이 밀려와
다시 긴 밤이 시작되어도

예전엔
하늘 빛이 있어
그 밤도 두렵지 않았다

마지막으로
빛나던 게 언제였을까

별도, 달도
모두 사라졌다

시골 러닝

문찬영

나는 시골에 산다

시골 길을 달리며
보이는 하늘과 함께 자랐다

맑은 아침, 구름이 그린 길
짹짹 울며 아침을 깨우던 새

요즘엔
하늘이 보이지 않는다

달리고 또 달려도

어떤 날은 논밭 위에
뿌연 연기만 떠 있고

또 어떤 날은 산을
감춰버린 먼지만 보인다

하늘이 우는 날

정은찬

먹구름이 가득한 가슴에서
묵은 슬픔이 쏟아진다

불타는 땅 위로
더 뜨거운 눈물을 흩뿌리며

네가 운다.

나는 고개를 숙인다.
네 고통을 외면했던
지난날이 미안해서

언젠가
너와 함께 웃을
밝은 하늘을 꿈꾸며

찰나의 빛

정은찬

꼭 나만 같던 그림자가
길에 누이는 저녁에

찰나의 찬란함으로
하루의 끝을 타오르게 하는

저 붉은 노을은
태양이 드러내는 아름다움인가,
지구의 마지막 불씨인가

말없이 바라본다
침묵이 더 큰 울림이 되는 순간

오늘도 태양은
하루를 견디며
천천히 사라진다

바람이 스치며

전규범

바람이 분다
바다의 생을 스치며

물감을 뿌린 듯한 산호
집을 찾아 오르는 연어
제주 바다를 가르는 돌고래

수많은 생을 스치며
바람이 분다

그러다
바람이 멈춘다

매캐한 하늘 벽에 부딪혀
길을 잃고

바람이 멈춘다
생명의 마지막을 스치며

별을 사랑한 아이

박경하

가로등 아래서
널 세어보곤 했어
하나, 둘, 셋…….

언제부터였을까
어둠을 밝히던 네가
보이지 않았어

내 눈동자를
빛내 주던 너 대신
짙은 어둠이 지고 있어

도시 불빛에도
빛내던 너를
조금 더 지켜줬다면

지금도
어둠 속에서
널 세어볼 수 있었을까

지구야, 고마워

안의준

지구야,
너의 나무를 태워
따뜻함을 얻었어

너의 살결을
조금 떼어 갔을 뿐인데
참 포근하더라

지구야,
석탄과 기름을 태우니
세상이 아주 편해졌어

너의 땅에서
조금 태웠을 뿐인데
참 편리하더라

지구야,
살 자리가 모자라서
너의 바다를 막았어

너의 자리를
조금 빌렸을 뿐인데
참 넉넉하더라

그리고 마지막으로

지구야,
너의 하늘도 가렸어

빛을
조금 가렸을 뿐인데

너의 꿈이
보이지 않더라

바람을 잊다

안의준

모두
바람을 맞는다

하늘을 누비던 새도
풀잎에 기대 쉬던 토끼도
바람결에 흔들리던 억새도
그리고 나도

어디서든 다가오던 바람은
따뜻하게 속삭이며
서리 내린 아침에
사르르 스며들었다

검은 구름이 바람을 덮어버리고

지친 날개를 접은 새
풀잎을 잃은 토끼
쓰러진 억새
그리고 우리는

모두

바람을 잊어버렸다

참새의 인사

임승현

우리 가족은 모든 말을
짹짹으로 합니다

엄마를 부를 때도 짹짹
아빠를 부를 때도 짹짹
나를 부를 때도 짹짹

숲속 바람과 나무도
함께 말하죠

따뜻한 해가 떠서 짹짹
나뭇잎이 흔들리면 짹짹
비바람이 몰아쳐도 짹짹

짹짹으로 사는 하루가
더 길었으면 좋겠어요

오늘도 잘 지내자고
함께 나누는 인사
짹짹

그리고

내일 아침도

짹짹

새들의 노래

조규리

나무들이
속삭이며 안아주고

꽃들이
웃으며 반겨주고

개미들은
나를 간지렀어요

위잉−위잉−
들리는 소리에

나무의
넉넉한 품도

환하게 웃던
꽃의 미소도

함께 놀자 간질이던
개미의 장난도

모두 다 떠나가요

하늘에는
위잉-위잉-
기계들의 노랫소리만

조용히
바람을 타고 와요

푸른 점

전규범

우주 속
작은 점 하나

그 점은
바다의 고래를 품고
새들의 노래로 가득 찼다

푸른 점은
가녀린 민들레를 감싸고
벌레들의 울음으로 빛났다

그러나
사람의 발자국이 늘어갈수록
점은 얼룩지고
생명의 소리는 작아졌다

푸른 점은
회색 안개로 흐려지고
푸른 빛을 잃었다

우주 속
작은 회색 점

그곳은
생명이 탄생하던 별이었다

제2부

땅의 꿈

너희에게 묻는다

김우영

무엇이 남았는지
정말 알고 있니

흙 속에 감춘 쓰레기 위에 서서
흐르는 강물에 죄를 씻어내며

숲도, 강도, 바다도
결국, 너희를 외면했다.

공존이라 외쳤지.
그러나 남은 것은

상처뿐이었다.

생명의 아침

조수빈

흙 한 줌 안에서
작은 개미의 하루가 깨어난다.

흙 한 줌 밖에서는
부지런히 몸을 움직이고

돌 틈의 이끼도
차가운 바람에 눈을 뜬다.

숨죽인 들판에
해가 떠오르면

생명은 하나씩
빛을 향해 깨어난다.

들리시나요

김유민

들리시나요?
아이들이 동심에 빠져
행복하게 노는 소리가

들리시나요?
우리 때문에 점점 뜨거워져
땅이 끓어 오르는 소리가

동심마저 녹아버린 계절이 오지 않도록
우리 땅의 아이들이 오래도록 웃을 수 있게

부디,
땅이 끓는 소리를 들어주세요.

지금이라도

조수빈

아얏– 뜨거워라.

엎어져서 짚은 땅이
이렇게나 뜨겁다니

내 손도 이만큼 뜨거운데
너는 얼마나 뜨거울까

지금이라도
좋은 것만 줄게

아니

지금이라도
뺏어가지 않을게

북극곰의 자국

이유정

눈길을 밟으면
발 아래 눈이 사르르 녹는다.

눈꽃이 피기도 전에
내 발자국만 남기고 사라진다.

따스해진 바람이 온 땅을 덮으면
커다랗던 얼음도
와
르
르
무너져 내린다.

숨을 곳도,
머물 곳도 없이
내 흔적이 희미해진다.

사라진 자리 위로
조용히,
바다의 깊은 자국이 남는다.

바다로, 하늘로, 죽음이 간다.

문한터

환경 오염이
또 한 생명을 죽인다.

공장에서
버려진 더러운 물은
바다로 흘러
고등어의 숨을 끊는다.

팔딱, 팔딱
살고 싶다 외치다
끊어진다.

공장에서
뿜어져 나온 연기는
하늘로 번져
기러기의 날개를 꺾는다.

쌔액, 쌔액
숨 쉬고 싶다 부르다
꺾인다.

사라진 발자국

문한터

어떤 친구는
"탕!" 소리에 숨고

어떤 친구는
사람이 만든 길 위에 쓰러지고

어떤 친구는
마실 물이 없어 말라 갔다.

그리고
조용히
아무도 모르게
끝내
·
·
사
라
져
버
렸

구
나

길 따라 그린 그림

기선영

사람이 길을 만들고
자연은 그림을 그린다

길에 자연의 그림자가 보인다

사람이든 자연이든
하나가 사라지면

세상도 반만 남는다

사라진 행성

안의준

그거 알아?

우리 별처럼
사람이 살던 행성이 있었대.

공장을 올리고
석탄을 태우고
석유를 태워
스스로를 밝히던 행성.

가스를 너무 많이 내뿜어서
하루아침에
흔적도 남지 않았대.

껍질만 남은 불덩이,
벌레조차 버티지 못한 곳.

지금은
그 행성을
지구라 부른대.

별것 아닌 기쁨

박상준

시골 논두렁 사이로
누군가 걸어간다
얼굴이 상쾌해 보인다

다듬어지지 않은 흙길
그저 걷는 것만으로도 좋을까

수풀 사이로
또 누군가 지나간다
얼굴이 웃음을 머금었다

별것 없는 풀들인데
그 사이를 지나기만 해도
기쁨이 피어나는 걸까

밤을 밝히는 빛

김태현

생명의 빛, 반딧불이
손톱만 한 몸으로
강한 빛을 낸다

살아있다고
다른 벌레들에게
알리는 걸까

아니면
자신을 봐달라고
열심히 빛을 내는 걸까

어두운 밤길에
벌레들의 길잡이가 되려고
그렇게 빛나는 걸까

밤을 지키는
반딧불이의 작은 빛

제3부

바다의 꿈

해파리꽃의 일기

박양선

오늘도 바다는 무거웠다.

바다의 물결로
투명한 꽃봉오리를 피우던
내 몸이 가라앉는다

파도와 함께
흩날리는 춤을 추며
지나던 길도 무겁기만 하다

언제쯤 다시
가벼운 바다를 만날 수 있을까?

잃어버린 꿈, 갯벌

김현빈

바닷물이 찾아오는 갯벌
흰발농게가 춤을 추고
조개가 노래하는 곳

바닷물의 길을 막았다.

돌처럼 굳은 벽이 서고
물이 멈췄다.

말라가는 땅
숨죽인 조개 껍데기와
춤을 잃은 작은 생명들

이제는 바람만 스쳐간다.

바다의 꿈들이
모두
말라버렸다.

주인 잃은 바다

김현빈

낚시대를 바다에 던졌다.

낚시 바늘 아래
덜그럭 덜그럭

쇠 비린내가 스민
깡통 물고기가 올라왔다.

다시 또 한 번
바스락 바스락

손끝에서 부서지는
비닐 물고기가 올라왔다.

낚시대를 놓아두고
물끄러미 먼 바다를 바라보았다.

이 바다는 과연 누구의 것인가.

고요를 지키는 바다

박지율

다가오는 거친 파도도,
저 폭풍우도 견디자

흔들리고,
뒤집힐 수도 있지만

모두 지나간 후에
되살아날 푸른 생명을 믿자

잔잔한 날에도
일렁이는 파도 속에도

지켜낸 바다 위로
다시 고요한 아침은 찾아오니까

저 너머의 바다

박지율

저 깊은 바다 어딘가
또 다른 세상이 있는 건 아닐까

어쩌면
꿈에만 그리던 풍경이
지금도 숨 쉬고 있을지 몰라

어쩌면
한 번도 본 적 없는 꽃으로
바다가 피어나고 있을지 몰라

그게 아니라면,
그 깊은 어딘가
끝없이 어두운 밤뿐일까?

여름 냄새

문찬영

나는 여름방학 때마다
좋은 곳을 찾아 여행을 떠난다

그때는 여름이었다
바다로 갔다
바다 내음 대신
기름 냄새가 먼저였다

또 다른 여름
산으로 갔다
상쾌한 공기보다
고약한 냄새가 반겼다

그리고 다시 온 여름
남은 것은
냄새뿐이었다

바다를 들어보았더니

김서영

바다의 소리에
가만히 귀를 기울여봐

무슨 소리가 들리니?

철퍼덕 철퍼덕 파도가 부서지는 소리
끼융끼융 상괭이의 울음 소리
달그락 달그락 조개 껍질 소리
파닥파닥 물결 치는 멸치의 소리

작지만,
모여서 하나의 바다가 되는 소리야.

물고기의 바람

김서영

물고기가
바라는 바다는 아니다.

비닐봉지 산호 바다
쓰레기 섬 된 바다

물고기가
진짜 바라는 바다는

새끼 거북이 모래집 짓고
산호 사이 숨바꼭질하는 색색의 물고기

함께 살아 숨 쉬는 바다다

고래의 꿈

유영은

바다 깊은 곳에서
들리는 꿈의 이야기

고래들이 헤엄치며
파도를 따라 노래하는 소리

푸른 바다 가득히
번지는 고래의 노래

그물 없이 헤엄치며
자유를 춤추는 고래

숨어버린 조개에게

정태양

모래를 예쁘게 꾸며주던 조개들
이제는 쓰레기 속으로 숨었어요.

조개를 숨겨주는 쓰레기들
조개를 짓누르는 쓰레기들

빛나야 할 모래사장 위에는
조개보다 반짝이는 쓰레기가 가득하고

모래 속 깊이 숨어버린 조개들
우리 때문에, 이제 보이지 않아요.

숨어버린 조개를, 다시 불러도 될까요?

푸르던

정태양

나는 원래
푸르고 깊고 아름다웠어요.

내 품에는
작은 물고기와 농게, 조개들이 살았죠.

나를 보고 웃음 짓고
손짓하는 파도에 놀라기도 했어요.

그런데 어느 날부터
나는 아파졌고 하나, 둘 떠나갔어요.

이제 내 몸은 푸르지 않아요.

빙하를 꿈꾸며

지효린

북극곰의 젖은 발자국을 품어주는
북극의 가장 너른 가슴

펭귄이 미끄러지며 춤추던
남극의 가장 푸른 놀이터

하얀 숨으로 지구의 열을 식히며
지구를 지키는 냉장고

이제는 소리 없이
가늘게, 가늘게 깎여 흐른다.

조금이라도
이 가슴을, 이 터를, 이 지구를 기억해 준다면

언젠가 다시
눈부시게 빛나도록 우리 곁에 돌아오겠지.

해마의 노래

지효린

저 멀리 바다 위
커다란 배들이 지나갈 때면
부아앙, 콰앙-
내 노래는 어느새 사라져 버려.

사람들이 버린 쓰레기가
파도를 타고 밀려 오면
꿀꺽, 꿀꺽-
내 친구는 어느새 사라져 버려.

하얗게 빛을 잃은 산호 숲은
나의 잃어버린 꿈이지만

노래를 멈추지 않으면
언젠가 다시 빛을 찾아오겠지.

고래의 물음

성지연

너무 괴로워 묻습니다.

누가 내 몸에 이리 잔인한 것들을 넣었나요?
누가 내게 못을 박은 건가요?
누가 내 소리를 닿지 않게 했나요?
누가 내 꼬리를 찢어 버렸나요?

녹슨 갈고리, 이것도 선물인가요?

그렇다면, 내 죽음을 바라던 건가요.

바다의 꿈

성지연

넘실거리며 흘러가던 내 몸이
어느 날 갑자기 부풀어 올랐다.

무얼 하고 있기에
나를 이렇게 괴롭게 하는가.

살결 사이마다 박힌 투명한 파편들,
검은 기름이 내 숨을 조여온다.

나는 잔물결을 내며
조용히 외쳤지만
끝내 그 누구도 듣지 못했고,

나의 꿈은
검은 파도 속에서 사라졌다.

바다는 바보가 아니다

김유민

바다는 바보처럼
가만히 있는다.
자신에게 무슨 짓을 하든지 말이다.

바다는 바보처럼
모든 걸 준다.
자신을 훼손시킨 원수에게도 말이다.

하지만 바다는 바보가 아니다.

바다는 많은 걸 삼켜내었다.

분노조차도.
말없이, 끝없이, 품어낼 뿐이다.

불가사리 별

선예준

바닷속 알록달록 빛나던 별
산호숲을 탐험하던 별

안녕?
나는 바다의 별이야.

하얀 옷을 입은 별
바다를 둥둥 떠다니는 별

앗, 뜨거워.
나는 빛을 잃은 별이야.

강요된 장식

장혜지

거북이의 목엔
비닐이 걸려 있다.
누가 달아준 적도 없는데
벗겨지지 않는 목걸이가.

고래의 등엔
그물이 감겨 있다.
누가 입힌 적도 없는데
풀리지 않는 망토가.

물고기의 아가미엔
플라스틱이 박혀 있다.
누가 달아준 적도 없는데
떨어지지 않는 귀걸이가.

산호의 몸엔
하얀 얼룩이 번져 있다.
누가 입힌 적도 없는데
벗겨지지 않는 드레스가.

바다는 꾸민 적이 없다.

하지만
바다는 천천히
죽음으로 장식되고 있다.

가벼운 생명

장혜지

그 누구도 알지 못했다.

고래의 몸 속에
무엇이 가득 차 있는지.

그건
물고기도,
먹이도 아니었다.
플라스틱, 비닐, 그리고 빨대.

뒤엉킨 쓰레기들 속에서
고래는
조용히 눈을 감았다.

플라스틱보다 가벼워진
그 몸이
깊은 바다로 가라앉을 때

우리가 버린 건
쓰레기가 아니라

생명이었다.

제4부

숲의 꿈

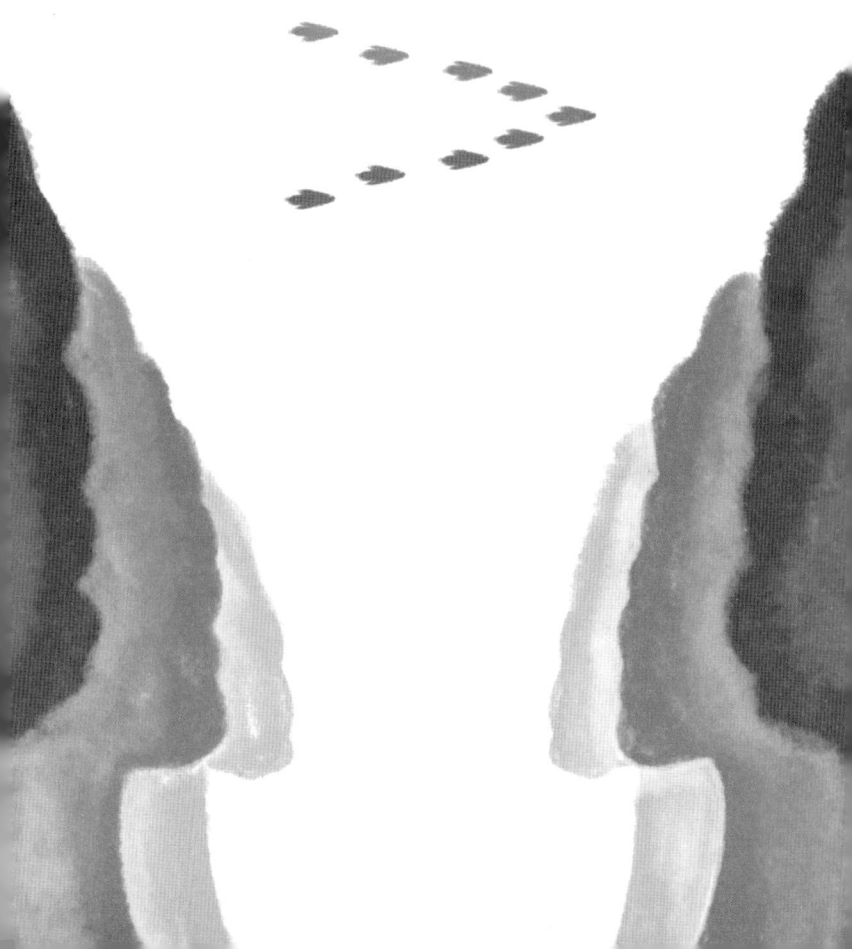

지금, 숲부터

기선영

짙은 안개가
가슴을 누르는 듯
숨이 무거워요

푸르던 숲이
검게 그을리고
나무들은 바람에 흩어졌어요

흩어진 자리만큼
맑은 날도
사라졌어요

이제는
숲에 나무를
돌려주어야 해요

새싹이 흙을 비집고
빛을 찾아 올라오도록

지금,
숲부터 지켜야 해요

숲의 꿈

기선영

숲은 조용했다
그 고요한 품 속엔
작은 생명들이 있었다

새는 노래했고
풀잎 아래서는
여린 새싹이 속삭였다

그러나
남겨진 건
고요한 침묵뿐

나무도, 흙도,
새도, 새싹도
모두 사라졌다

누군가 멈춰 서
씨앗 하나 심고
물 한 모금 건넸다

숲은 다시

꿈을 꾸었다

작은 생명이 움트는

도토리의 꿈

박경준

조그마한 도토리 하나
바람 타고, 툭
땅에 떨어졌다.

"언젠가
따뜻한 햇살 아래
큰 나무가 되고 싶어."

다람쥐가 굴려보고
새가 쪼아 보아도
그 자리를 지킨다.

내일은 뿌리가 나고
그 다음 날은 싹이 되어
숲을 지키고 싶은

도토리의 꿈

잎이 지고 나무는

조수빈

내 잎들은
여름 내내 초록이었다.

비가 오면
톡톡, 노래를 듣고

새가 오면
재잘대며 함께 웃었다.

하지만, 어느 순간부터

초록잎도
노래하던 비도
재잘대던 새들마저

모두
사라졌다.

그래도
나는 꿈을 틔운다.

빈 가지 끝에서

작은 새잎 하나, 피어나는 꿈

나무의 생각

송하송

내 다리로
땅을 붙잡아 주는데
뿌리를 뽑아가네

내 머리로
새들의 보금자리를 주는데
가지를 잘라가네

내 숨으로
사람들에게 숨을 나누어 주는데
통째로 베어가네

왜일까

왜 나를
이토록 괴롭힐까?

버섯들의 이야기

송하송

아름다운 숲,
버섯들이 이야기를 나눠요.

"팽이야, 너는 뭐 하니?"
"새들이 노래하는 걸 듣고 있어."

"표고야, 너는 뭐 하니?"
"사슴들이 사이좋게 풀을 뜯는 걸 보고 있지."

"느타리야, 너는 뭐 하니?"
"다람쥐가 도토리를 숨겨두는 걸 지켜보고 있어."

"양송아, 너는 뭐 하니?"
"돌 이끼랑 조용히 이야기를 하고 있어."

버섯들이 모두 모여
송이에게 물어요.

"송이야, 너는 뭐 하니?"
"…어? 아저씨가 나를 데려가…"

평화로운 숲속에
작은 목소리 하나가
사라졌어요.

숲은 살아 있다

박상준

휘이익 휘이익
어서 가자, 숲이 부른다

구름을 헤치고 가니
저 멀리 새 소리가 들리네
어서 오라며, 반갑다고

가는 길마다 낙엽들이
바스락 소리로 인사하네
또 오라며, 기다린다고

꿀을 옮기던 작은 벌들도
분주히 다가와
함께 가자고 날개를 흔든다.

숲은
오늘도 살아 있다.

숲에서 만난 평화

박혜양

걱정거리가 생기면
나는 항상 숲을 걷는다

빗소리로 가득찬 숲을 걸으며
내 마음의 눈물도 흘려보낸다

잎 사이로 쨍쨍한 햇살이 쏟아지는 날엔
뜨거운 마음에 부채질하며 걷는다

세찬 바람이 길을 여는 날에도
걱정이 멀리 떠나갈 때까지 걷는다

숲은 아우성치는 걱정을 모아모아
낙엽 밑으로 스며들게 한다

가장자리 나무

박혜양

숲 가장자리에
혼자 서 있다

홀로
솔솔 불어오는 바람을 맞으며

걸음 소리 새 소리
어우러지는 소리에 귀를 기울인다

사각사각
낙엽을 헤치고 오는 소리

다람쥐였다

다람쥐 한 마리
내 곁에 다가와
가만히 기대어 눕는다

숲에 홀로 선
외로움은

꽃씨처럼 날아가고

나도
다람쥐도
같은 꿈을 꾼다

공허

문소희

언제부터였을까
숲의 머리칼이 듬성해졌다

서걱– 나무가 쓰러진다
벌목 때문인가?
아니다, 다 베어낸 건 아니니까

위잉– 땅이 파인다
공사 때문인가?
아닐 거다, 세상은 넓으니까

쿵– 땅 속이 깊어진다
개발 때문인가?
아니겠지, 터널은 잠깐 지나가는 곳이니까

그러나 남은 자리엔
아무도
아무것도
남지 않았다

고요의 집

문소희

숲을 잊은 동물이
쇳덩이로
철컹, 숲을 빼앗아간다

파랑새도
흰 뱀도
아카시아도
청설모도 개미도
별빛도 사라진다

나만 남은 집
고요하다

시간이 멈춘 듯
고요만 하다

남겨진 숲

조규리

사라졌어요,
울창하던 숲도
알록달록한 꽃들도
나에게 노래해 주던
어여쁜 새들도

어디로 간 걸까요?
내가 싫어진 걸까요?

사람들은 나를 미워하나 봐요
나를 베고,
나를 찌르고,
참 아파요

나도 아픈데
사람들은 멈추지 않아요
앞으로도 계속될까요?

어느새
나무도

꽃도
어여쁜 새들도
하나둘 떠나갔어요

다 떠나고 나니
남은 건 텅 빈 내 모습뿐
언젠가
누군가
나에게 손을 내밀어 줄까요?

맹그로브 나무

정태양

강가에 뿌리 내려
고요히 서 있는 나무

흐르는 강물에 뿌리가 깎여 나가도
끝까지 숨쉬려 애쓰는 나무

타오르는 햇빛 아래서도 소리 없이
지구를 버티고 있는 나무

오늘도 지구를 지탱하는 나무

숲과 이웃

박지강

햇살에 반짝이는 잎사귀가 손짓해
숲 속으로 들어간다

숲은
오랜만에 돌아온 손님을 맞이하듯
나에게 인사를 건넨다

사이좋게 나란히 선 나무들
내가 다가가자 숨어버리는 작은 동물들

클래식처럼 부는 바람 소리,
사그락사그락 나뭇잎의 소리

숲은 어느새
내 쉼터가 되어 있었다

이제는
숲의 이웃이 되고 싶다

피어나다

김우영

한 때 푸른 숨결로 노래하던 숲,
그 자리에 검은 장미가 핀다.

잿빛 바람이 꽃잎을 스치고,
자리에는 텅 빈 어둠 뿐이다.

행복을 속삭이던 숲엔,
이제 바람의 그림자만 흐른다.

우리의 노력으로

잃어버린 시간의 끝에,
파란 장미 한 송이가 피어난다.

그림자만 흐르던 세상을
다시 피어나게 한다.

숲의 봉사자

이성규

상쾌한 공기를 뿌리면
모두가 숨을 쉬고

몸을 내어 주면
딱따구리는 집을 짓고

멋진 열매를 건네주면
동물들은 굶주림을 잊는다

그 단단한 손 하나도
지친 새가 잠시 쉴 자리가 되는데

이제는
그 상쾌한 공기도,
상큼한 열매도

느낄 수도
맛볼 수도 없다

파괴의 끝

조규원

숲의 나무를 베고
생명을 잡아가고
땅에 불을 지른다
파괴가 시작된다.

더는 베어낼 나무도
데려갈 생명도
불붙일 자리도 없다
파괴가 되돌아온다.

나무도 없고
생명도 없고
살 자리도 없다
모든 것이 돌아온다.

아무것도 남지 않았다.
파괴조차
돌아오지 않는다.

침묵만이

모든 것을 덮는다.

겨울잠

박경준

숲이 바빠진다.

숲 사이를 기어가던 뱀도
밤마다 노래하던 개구리도
도토리를 숨기던 다람쥐도
꿀 찾으러 다니던 곰도
깡총깡총 뛰던 토끼도
느릿느릿 걷던 거북이도

따뜻한 계절을 지나
차가운 바람이 불어오면

긴긴 겨울밤,
따뜻한 꿈을 꾸기 위해
조용히 겨울잠을 잔다.

빈 숲의 냄새

이유정

지독한 냄새가 코를 찌른다.

사슴벌레의 한숨일까
하늘소의 눈물일까
장수풍뎅이의 비명일까

나무 속에는 더이상
그 흔적이 보이지 않는데

숲에는 썩은 냄새만 가득하다.

아마도
무너진 곤충들의 집
그 빈 자리에서 나는 냄새인가 보다.

사향노루

정지연

내 고향은
푸르던 햇살과 울창한 숲이었습니다.

사람이 오기 전까지는

오늘도
하나 둘 사라집니다.

죽임을 당하고
베어 나가며
집이 무너집니다.

사람의 몸에서
나와 같은 향기가 납니다.

빼앗아가버린
나의 일부만 세상에 남았습니다.

가을이 사라진 자리

이유정

알록달록한 낙엽이
툭툭
떨어지며 마지막 인사를 건넨다.

깃털 같은 눈송이가
살랑
손끝을 스치며 다가온다.

눈송이를 만난 낙엽이
천천히, 아주 천천히
다가오라고 소리를 낸다.

바사삭 바사삭
아직은 이르다고
더 머무르고 싶다고

제5부

생명의 꿈

나무들의 어깨동무

김우영

서로 어깨동무하며
그늘을 엮던 우리 집

가지 끝 작은 구멍에서
인사하던 다람쥐의 집은
부러져 나가고

집 앞, 도토리 나무는
짓밟혀 사라졌다.

내 등 뒤에 숨어
술래잡기하던 다람쥐는
어디로 갔을까

우리는 다시
어깨를 포개어
그늘을 엮을 수 있을까.

네게 남긴 약속

신가영

그날, 우리는 약속했다
단풍이 다시 물들면
숲에서 만나자고

황금빛 논이 무르익고
다람쥐도 겨울잠을 준비하며
집을 짓는 그때

그때가 언제나 오는지

단풍도 들지 않고
벼도 제때 익지 않고
숲은 멈춰 섰다

사랑하는 생명들아
우리가
더는 늦지 않기를

뫼비우스의 띠

신가영

살아가려면
먹을 자리, 머무를 자리가 필요한데
어찌하여 스스로 지우는가.

과도한 사냥은
굶주림을 부르고
지나친 개발은
집을 무너뜨린다.

결국,
다시 돌아오는
뫼비우스의 띠처럼

우리에게 돌아올 뿐

나의 지구별

정지연

아이가 새근새근 잠들려하면
이야기를 들려주곤 한다.

아가야,
저 수많은 별들 중 하나
바다와 땅이 어우러진 푸른 별

그 속엔 무엇이 있을까?

아침을 깨우는 새들의 노래 소리와
달빛 흐르며 반짝이는 폭포

엄마,
저 수많은 별들 중 하나에
그런 아름다운 별이 있어요?

아이가 보지 못한
나의 꿈 속에는
지나가버린 별이 있었다.

나에게만, 봄

정지연

나에게는
사알랑 흔들리는 꽃향기에
볼이 발그레해지는 계절, 봄

너에게는
겨우내 버텨내고 꽃 피우며
시작을 깨우는 계절, 봄

나는
꽃이 좋다고
시커먼 연기 내뿜으며
너에게로 가 웃는다.

너는
언제라도 돌아와
병든 모습 보아주기를
기다리고 있는데

우리의 봄은
조용히 마침표를 내린다.

정말

너에게도

봄이었을까

조금만 참아 주세요

최효선

뉴스 속보!
지구의 기온이 1℃ 올랐습니다.

모두 지구의 상황에 관심을 가져주세요.

우리의 지구를 지키기 위해서
조금만 참아 주세요!

공생을 찾아

유영은

공생을 찾습니다.

바다 위 윤슬처럼
어둠을 품어 빛나는

공생을 찾습니다.

전복과 함께 자라요

선예준

우리 집 앞 바다에는
전복이 살고 있어요.

모래 이불 덮고
파도 자장가 들으며
꿈을 꾸고 있지요.

아빠의 손길 따라
전복들이 자라나면
우리 집도 웃음으로 자라나요.

바다 속 전복은
나와 아빠의 꿈을
조개껍질 안에 꼭꼭 담아 두어요.

살아있구나, 농게야!

김서영

따르릉 따르릉
자전거 타고 갯벌가면
열심히 도망가는 농게들

땅을 파보면 땅 속엔 더 많다

집으로 가져가야지
통에 담으려다
손가락을 꽉 문다.

살아있구나, 농게야!

내일 또 와야지
농게야, 내일 또 만나!

겨울 꿈

박경준

겨울이 오면 흰눈이 내려 소복히 쌓인다.

손바닥 가득 눈을 뭉쳐본다. 다같이 눈덩이를 굴려 큰 눈덩이 두 개를 쌓는다. 눈덩이 하나에 돌멩이와 나뭇가지를 붙인다. 금세 뚝딱 친구 하나가 생겼다. 주르륵 녹아 사라지지 말아라. 다음에도 또 다음에도 사라지지 말아라.

매해 겨울이 오면 하얀 친구가 나를 반겨주겠지.

계절의 행복

임승현

나의 행복은 무엇일까?

봄에 아빠하고
꽃이 핀 산에 가는 것

여름에 강아지와
바닷가를 산책하는 것

가을에 할머니와
빨갛게 물든 단풍을 보는 것

겨울에 친구들하고
신나게 눈싸움하는 것

계절마다 돌아오는
이게 나의 행복

여름

김태현

생명의 꽃이
피어나는 계절
여름

나무들이 깊은 초록으로 물들고
파아란 하늘이 뜨거운 태양을 감싸며
흙을 밀고 나온 새싹들이 고개를 든다

따스한 바람이
엄마처럼 품어주면
아이 같은 잎사귀 웃음소리
숲 사이사이 퍼져간다.

여름 한가운데에서
나는
한 줄기 위로를 느낀다.

생명의 소리로 가득 찬 계절
함께 타오르는 계절
여름

꿈

박시찬

소나무, 상쾌한 솔내음
바다, 경쾌한 파도 소리
별, 밤하늘을 빛으로 그린 그림

소나무도, 바다도, 별도
꿈이었다.

너무나도 아름답던 꿈이었다.

나는, 네게

박경하

지구야, 괜찮아?

너의 살이
사각사각 깎여 나가고

촛농처럼
천천히 녹아 내리고 있는데

그런데도
아무 말도 없구나

햇살이 되어
나를 안아 주었고

들꽃이 되어
나를 웃게 했고

강물이 되어
내 마음을 맑게 했는데

나는,

네게 무엇을 주었을까

지구 유리창

신가영

우리가 사는 곳은
깨진 유리창 같아

작은 금 하나가
결국
벽처럼 번져 갈라놓아

내버려두면
금 하나에
두 조각이 되어 버리지

그러니
되돌리고 싶다면
작은 조각을 맞춰야 해

그리고
모두가 손을 모은다면

깨진 창도
다시
빛을 비출 수 있을 텐데

나무가 모인 지구

지효린

캄캄한 빌딩숲 속
나무 한 그루
우리를 쉬게 하는

끝없이 뜨거운 모래밭 속
나무 두 그루
사막여우의 목마름을 달래는

공허하게 텅 빈 숲 속
나무 세 그루
다람쥐를 하루를 지켜주는

우리가
원하는 지구는
한 그루 두 그루

나무가 모인 지구

지구 청소

박지율

지구를 청소하자!

쓰레기로 얼룩져
잿빛으로 물든 바다
파랗게 빨래하자.

먼지로 뒤덮여
뿌옇게 흐려진 하늘
맑아지게 환기하자.

듬성듬성 텅 비어
구멍 나 색을 잃은 숲
초록으로 채워놓자.

지구를 청소하자!

함께 사는 세상
깨끗한 세상 될 때까지

나무의 꿈

박지강

나의 꿈은
키가 작아진 그루터기가
더 이상 생기지않는것

나의 꿈은
내 어깨에 기대어 오는
새들과 함께 노래하는 것

나의 꿈은
피고 지고 또 피어나
하늘을 물들이는 것

그리고,
그 모든 꿈 가운데
가장 이루고 싶은 꿈은

사람들과
오래오래
함께 살아가는 것

공생

이성규

나무가 가지를 나누어 주면
새는 또 하나의 생명을 피어나게 하고

나무가 도토리를 내어 주면
다람쥐는 씨앗으로 숲의 내일을 만든다

그러나 사람에게 생명을 건네면
입만 벌린 채
아무것도 돌려주지 않는다

계곡의 작은 세계

조규원

시원한 계곡에
살며시 발을 담근다

계곡의 새들도
옆에서 발을 적신다

발가락을 간질이는 작은 물고기들
큰 돌에 붙어 사는 다슬기들
작은 돌로 집을 짓는 가재들
얕은 웅덩이에 알을 품은 개구리
쏴아– 소리 내며 떨어지는 폭포까지

나는 어느새
이 작은 세계 속에 스며들었다

멍하니 발을 담근 채
아무 생각 없이 편안해지는 순간

계곡의 생명들과
함께였다

공생의 꿈을 키우는 아이들

김도아 망운중학교 교사

'공생', 학생들과 함께 시집을 만들자고 이야기했던 날, 이 두 글자는 우리가 걸어갈 방향이 되었습니다. 공생은 사전적으로 '서로 도우며 함께 삶'을 의미합니다. 생명학에서는 '서로 다른 생물이 같은 곳에서 살며, 서로에게 이익을 주며 함께 사는 일'을 뜻하지요. 시를 쓰기 전, 저는 학생들에게 질문을 하나 던졌습니다. "우리는 사람으로서 지금 함께 살아가는 생명들에게 정말 도움을 주는 삶을 살고 있을까?" 그 질문의 답은 우리 학생들의 시 속에 고스란히 담겨 있었습니다.

사람의 발자국이 늘어갈수록

점은 얼룩지고

생명의 소리는 작아졌다

― 전규범, 「푸른 점」

이 구절을 읽는 순간, 학생들의 목소리로 '우리가 미처 돌아보지 못한 생명의 소리를 들을 수 있겠구나' 하는 확신을 갖게 되었습니다. 그리고 학생들과 저는 이 시집이 단순히 시를 모은 책이 아니라 세상의 생명들과 오래도록 함께 살아가기를 꿈꾸며, 잃어버린 것들을 되찾는 작은 시작이 되기를 바랐습니다.

우리가 지금 잃고 있는 것은 무엇이고, 우리의 꿈은 어디에서 다시 시작되어야 할까? 이 질문을 던졌을 때, 아이들은 주저 없이 '지구'라고 답했습니다. 두 발로 땅을 딛고 설 수 있는 것, 고개를 들어 맑은 하늘을 바라볼 수 있는 것, 그 하늘 사이에 걸쳐 선 나무 한 그루 덕분에 크게 숨 쉴 수 있는 것, 우리 마을의 터전인 바다에 수많은 생명이 조석으로 드나드는 것. 이 모든 것들은 '지구'가 있기에 가능한 일들이지요. 그래서 우리는 '지구, 꿈을 쓰다'라는 주제로 지구를 이루는 것들에 대한 작은 꿈을 노래하는 이 시집을 함께 만들게 되었습니다.

지구를 이루는 요소들은 '하늘, 땅, 바다, 숲, 생명' 다섯 가지로 나누었고, '하늘의 꿈, 땅의 꿈, 바다의 꿈, 숲의 꿈, 생명의 꿈'이 모여 하나의 지구를 이루도록 시를 창작했습니다. '하늘의 꿈'에는 이상 기후로 흐려진 하늘, 별빛을 잃어가는 밤, 사라지는 새와 바람의 목소리가 담겼습니다. 학생들은 잿빛 하늘을 바라보며 '우리가 꿈꾸는 맑은 하늘은 어떻게 지켜야 할까?'라는 물음으로 하늘의 꿈을 써 내려갔습니다. '땅의 꿈'에서는 뜨거워진 대지, 사라진 동물의 발자국, 무너져 가는 생명의 터전을 떠올리며 땅이 건네는 경고의 메시지를 시로 표현했습니다. '바다의 꿈'에는 해양 쓰레기로 고통받는 고래, 조개, 산호의 목소리가 실렸고, 아이들은 동시에 '다시 흐르는 바다'를 향한 작은 희망도 놓지 않았습니다. '숲의 꿈'에서는 벌목으로 잘려 나간 나무들, 텅 빈 둥지, 집을 잃은 곤충과 동물들을 바라보며 숲이 잃어버린 것들과 다시 피어날 것들의 가능성을 함께 노래했습니다. 마지막으로 '생명의 꿈'은 우리가 지켜야 할 모든 생명, 그리고 지구의 생명들과 함께 살아갈 내일에 대한 이야기입니다. 생명의 꿈을 통해 지구의 생명 중 하나로서 우리가 꿈꾸는 세상을 그려 보았습니다.

아이들이 꿈꾸는 세상에 대한 시선이 '공생'과 '회복'으로 향하는 모습을 보며, 저도 함께 배우고 성장했습니다. 생태환경 수업과 시 창작의 여정을 성실하고 묵묵히 걸어 준 망운중학교 38명의 아이들에게 고마움을 전합니다. 이 아이들의 노력이 깃든 시가 흩어지지 않고, 시집으로 모일 수 있었던 것은 잃어가고 있는 지구를 향한 진심 어린 마음 덕분이었을 것입니다. 페이지를 넘기다 보면, 아이들이 지구에 건네고 싶었던 메시지가 울림으로 다가올 것입니다. 우리가 잃어버린 것들을 다시 바라보는 작은 시작이, 이 시집을 읽는 순간부터 함께 이어지기를 바랍니다.

청소년 생태시집

지구, 꿈을 쓰다

초판1쇄 찍은 날 | 2025년 12월 11일
초판1쇄 펴낸 날 | 2025년 12월 17일

엮은이 | 김도아
지은이 | 기선영 김서영 김우영 김유민 김주아 김태현 김현빈 문소희 문찬영 문한터
　　　　박경준 박경하 박상준 박시찬 박양선 박지강 박지율 박혜양 선예준 성지연
　　　　송하송 신가영 안의준 유영은 이서영 이성규 이유정 임승현 장혜지 전규범
　　　　정은찬 정지연 정태양 조규리 조규원 조수빈 지효린 최효선
그림 | 박경하
펴낸이 | 송광룡
펴낸곳 | 도서출판 심미안
등록 | 2003년 3월 13일 제05-01-0268호
주소 | 61489 광주광역시 동구 천변우로 487(학동) 2층
전화 | 062-651-6968
팩스 | 062-651-9690
전자우편 | simmian21@daum.net
블로그 | blog.naver.com/munhakdlesimmian

ISBN 978-89-6381-479-7　03810